그때가 그리운 계절

용혜원 시선집

그대가 그리운 세상

시인의
말

生이 그러하듯
시의 목적 또한
답을 주는 것이 아니라
질문을 건네주는 일이라 믿는다.

 이 시집에 실린
시들을 통해
그대 가슴에 질문 몇 개 생겨난다면...

생각건대
생은 얼마나 아름답고 뜨겁고 눈물겨운 질문이냐!

차례

Ⅱ장. 나는 왜 수직으로 질주하는가

Ⅲ장. 언젠가 나는 슬픔에게

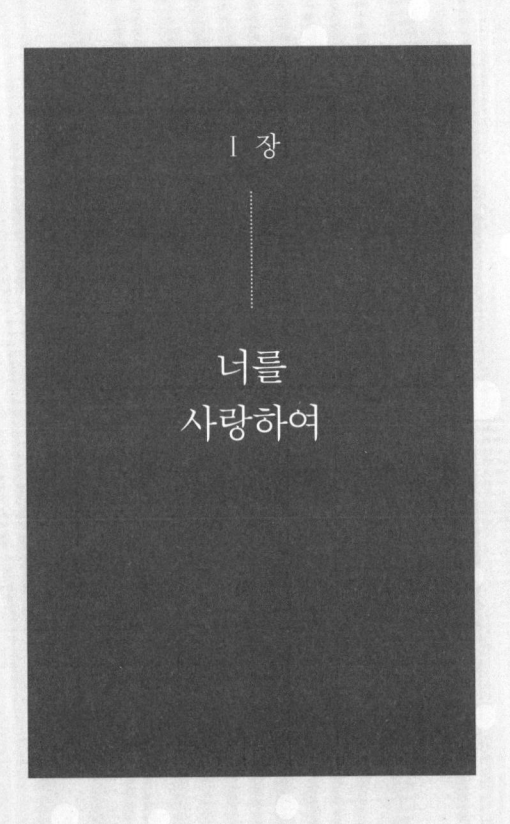

I 장

너를
사랑하여

누군가 물어볼지도 모릅니다

 마지막 날에
누군가 물어볼지도 모릅니다
몇 사람이나 뜨겁게 사랑하였느냐
몇 사람이나 눈물로 용서하였느냐
몇 사람이나 미소로 용기를 주었느냐

생의 마지막 날에
누군가에게 대답해야 할지도 모릅니다
시간을 낭비하지 않았습니다
사람을 가장 먼저 생각했습니다
세상을 아름답게 만들려 노력했습니다

생의 마지막 날에
아무도 묻지 않을지 모릅니다
그렇더라도 오직 한 사람

당신 자신에게는 대답해야만 할 것입니다

나는 한 번뿐인 삶을

정녕 온 힘을 다해 힘껏 살았노라고

살아있는 한 첫날이다

살아 있는 한 첫날이다
사랑하는 한 첫사랑이요
기다리는 한 첫눈이다

어제는 흘러간 강물
내일은 미지의 대륙
오직 오늘만 내 손 안에 있나니

살아 있는 한 마지막 날이다
사랑하는 한 마지막 사랑이요
기다리는 한 마지막 눈이다

가장 위대한 시간

꽃은 언제 피어나는가
태양은 언제 떠오르는가
바람은 언제 불어오는가

다시!

사랑은 언제 찾아오는가
희망은 언제 솟아나는가
용기는 언제 생겨나는가

또 다시!

하루쯤

1년에 하루쯤은
아침부터 저녁까지
그저 웃기만 해도 좋을 일이다

1년에 하루쯤은
만나는 사람들에게
그저 따뜻한 말만 건네도 좋을 일이다

그래도 364일
마음껏 아파하며 슬퍼할 수 있고
마음껏 투덜거리며 화낼 수 있으니

1년에 하루쯤은
상처와 눈물 모두 잊어버리고
그저 감사만으로 살아도 좋을 일이다

언제나 그 하루를

내일이나 모레가 아닌 오늘로 만들며

365일 중 하루쯤, 하며 살아도 좋을 일이다

가장 넓은 길

살다 보면
길이 보이지 않을 때가 있다
원망하지 말고 기다려라
눈에 덮였다고
길이 없어진 것이 아니요
어둠에 묻혔다고
길이 사라진 것도 아니다
묵묵히 빗자루를 들고
눈을 치우다 보면
새벽과 함께
길이 나타날 것이다
가장 넓은 길은
언제나 내 마음속에 있다

새벽

또 하나의 벽
저절로 찾아오는 법이란 없지

절망을 딛고
슬픔을 딛고
두려움을 박차고 올라야만
저편으로 넘어갈 수 있는
어둠과 빛 사이의
석벽石壁

기다리지 말고
넘어가라
넘어갈 수 없다면
망치를 들고 깨 부숴라
망치가 없다면

온 몸으로 부딪혀라

그 몸 깨어질 때
찬란한 여명 세상에
퍼져 나오리니
새벽이란 밖이 아니라
안에 있다

스스로 불 밝혀 나가는 삶,
새벽이다

자명종

6시건 7시건
정해진 시간이면
나를 깨워주지만
뒤집어 보면
내가 먼저 깨우는 것이다

6시건 7시건
그 때는 일어나야 한다고
내가 먼저 자명自鳴해 놓는 것이다

삶이건
영혼이건
사랑이건
깨어나기 바라는 것 있다면
그대, 먼저 울어라

세번째 묶음 일이관지

제5장 제6장

장미의 전쟁

한 송이 꽃을 지키려
제 피부를 찢고
수백의 가시를 돋아내는
장미의 전쟁

보느녀!
내 영혼의 꽃대여

주먹을 쥐고

오!
미칠 것
같은 이 밤

나는
분연히
맞서고 있나니

지지 않으리!
지지 않으리!

내 영혼의 새

내 영혼의 나무
바람에 흔들릴 때도

그 나무에 깃들인 새
언제고 자유로웠나니

푸른 하늘 높이 날아
온 세상 아름다움 한 눈에 담는다

꿈

하루살이
꿈속에서 천 년을 살고

나비
꿈속에서 우주를 나네

사람아
꿈에설랑 태산이 되어라

권주가

꽃 피니 한 잔
꽃 지니 한 잔

사랑했다고 한 잔
사랑한다고 한 잔

술잔은 바람에 출렁이고
내 맘은 그대 생각에 출렁이니

봄날에는 한 잔
봄날이 가기 전에 한 잔

바람 부는 봄날에는

벚꽃나무 아래
꽃비 흩날리니
술잔마다 꽃잎 떠 있네

가난이 무슨 걱정이랴
오늘은 꽃잎 깔고
내일은 꽃잎 덮으리

바람 부는 봄날에는
동백꽃 닮은 여인을
만나고 싶어라

동백에게 죄를 묻다

동백꽃 피었다 질 제
선운사에 발길 닿았네
바람은 천 년
부처님 미소는 일만 년
나그네 찻잔 들었다 놓아도
영겁의 시간 흐르건만
동백꽃, 불타던 가슴아
봄 한 철이 어인 덧없음이냐
사랑이 수이 짐이
네 탓이라 말하리

봄날은 가도

꽃그늘 아래 둘러앉아
정겨운 벗과 술잔 기울이니
사람이 술이요, 술은 안주일 뿐

한 잔 술에 해 뜨고
두 잔 술에 달 뜨고
세 잔 술에 님 얼굴 떠올라도

그립단 말 하지 말아라
오늘은 춘풍과 권주하리니
꽃 져도 아쉬울 건 빈 술잔뿐인가 하리라

꽃보다 아름다워

죽으면 사람으로 태어나고 싶다며
꽃구경 나온 어른 아이 남자 여자
머리 어깨 가슴 뺨을 살며시 만져보며
지는 꽃

사람이여
죽는 날까지 피어나는
지상에서 가장 아름다운 꽃이여

꽃조차 너를 시새워하거늘

꽃으로 지고 싶어라

바람 한 점에
꽃잎 수 십 점

꽃잎 한 점에
시름 수 십 점 흩어지네

꽃으로 피어나지 못했어도
꽃으로 지고 싶은 봄날에는

왜 사냐 건 웃지요
왜 웃냐 건 또 웃지요

낙화를 배우다

벚꽃나무 아래서
낙화 아름답다 말하지 마라

수백 번의 뒤척임 끝에야
비로소 땅으로 향하나니

저, 장한 투신!

산화 散花

봄비는 꽃잎을 적시고
봄술은 마음을 적시네

피고 지는 것이야
꽃과 사람의 일이겠지만

낙화落花라 부르지 마라
오늘은 가장 아름다이 산화散花하리니

너를 사랑하여

벚꽃 한 잎
땅에 떨어지는 동안

사랑한다
일만 번 고백을 한다

웃음꽃 인생

기쁨이 찾아올 때 하하하
슬픔이 찾아올 때 허허허

사랑이 찾아올 때 호호호
이별이 찾아올 때 후후후

성공이 찾아올 때 깔깔깔
실패가 찾아올 때 껄껄껄

아침이 밝아올 때 까르르
인생길 걸어갈 때 빙그레

감사

아, 너무 슬퍼요
아, 너무 아파요
아, 너무 힘들어요
아, 너무 두려워요
아, 너무 후회스러워요

오, 정말 감사합니다
이 모든 것 살아 느낄 수 있다니

살아 있다는 것이 축복입니다
살아 있다는 것이 희망입니다

사랑이라는 나무

그 뿌리는 믿음
그 줄기는 인내
그 가지는 이해
그 잎은 배려
그 꽃은 용서

우리 가슴 속
사랑이라는 나무
날마다 조금씩 날마다 조금씩

그대 가슴에 별이 있는가

그는 가슴에 별이 없는
사람이다

그는 가슴에 별이 없어
슬픈 사람이다

우연히 바라본 밤하늘에
별똥별 떨어질 때

두 손 가지런히
모아지지 않는다면

그는 밤하늘에 홀로 떠 있는
별과 같은 사람이다

그는 밤하늘을 홀로 떨어지고 있는
별똥별 같은 사람이다

가을이 와도 밤하늘을
바라보지 않는 사람아

그대,
가슴에 별이 있는가

가을날의 묵상

뉘우침으로
얼굴 붉어진 단풍잎처럼

뉘우침으로
목까지 빨개진 저녁노을처럼

가을은 조금
부끄럽게 살 일이다

지나간 봄날은
꽃보다 아름다웠고

지나간 여름날은
태양보다 더 뜨거웠으리

그럼에도 뉘우칠
허물하나 없이 살아온 삶이란
또 얼마나 부끄러운 죄인가

믿으며, 가을은
허물 한 잎 한 잎 모두 벗어 버리고
기쁜 듯 부끄럽게 살 일이다

이윽고 다가올 순백의 계절
알몸으로도 거리낌 없이
부끄러운 듯 기쁘게 맞을 일이다

겨울 나목

알몸으로도
겨울 이겨내는
네 삶 눈부셔라

한 백 년쯤이야
하늘 높이 쭉쭉
가지 뻗으며 살아야 한다고

헐벗은 가슴으로도
둥지 한두 개쯤
따뜻이 품으며 살아야 한다고

눈 내리면 눈꽃 피우며
봄이 아니라 겨울을
열렬히 살아야 한다고

나는

아무런 말 없이도

울음으로 소식 고맙게 말한다

눈 내리는 날의 기도

이 세상 살아가는 동안 누구에게나
첫눈처럼 기다려지는 사람이 되게 하소서

한 송이 한 송이씩 떨어지지만
이내 뭉쳐 하나가 되는 사람

세상의 모든 상처와 잘못을
깨끗함으로 덮어주는 사람

겨울의 깊고 어두운 밤마저
하얗게 빛으로 밝혀주는 사람

눈사람처럼 홀로 서 있어도
묵묵히 겨울바람을 이겨내는 사람

아이에게는 기쁨을 연인에게는 사랑을
어른에게는 추억과 행복을 가져다 주는 사람

누군가 자신을 밟고 지나갈 때조차
뽀드득 뽀드득 맑은 소리를 내는 사람

이 세상 떠나는 날 누구에게나
첫눈보다 아름다운 기억으로 남게 하소서

아희야 네가 꽃이다

아희야,
오늘은 인생을 이야기 하자꾸나

삶은 고해라 말하지만
가시밭길을 거쳐야만
꽃밭으로 갈 수 있는 길은 아니야
오히려 꽃길을 거쳐서
꽃밭으로 가야 하는 길이지

그러니 언제든 꽃같이 살아라
참을 수 없는 슬픔이 찾아오면
차라리 뜨거운 눈물로 비워내고
그보다 더 견디기 힘든 아픔이 찾아오면
샘물같이 솟아 올려, 사랑의 힘으로 이겨내렴

잊지 말아라 아희야

행복과 불행은 한 가지,

자신을 얼마큼 사랑하느냐에 달려 있단다

사람들이 말하지 않더냐

누구나 사랑받기 위해 태어났고

누구나 사랑받을 가치 있는 존재라고

너 또한 다르지 않단다

아희야,

네가 네 자신을 사랑하는 것이

인생의 꽃이란다

네가 네 자신의 삶을 사랑하는 것이

인생의 꽃길이란다

슬픔과 아픔이야

내일도 다시 찾아오겠지만

네가 걸어온 길,
네가 걸어가야 할 길을 사랑하며
언제나 꽃다운 미소 지으렴

아희야, 잊지 말아라
네가 꽃이다
네가 세상에서
가장 활짝 피어나야 할
한 떨기 어여쁜 꽃이다

어린왕자와 장미꽃

어린왕자여,
하늘에는 이천억 개의 은하가 있고
하나의 은하에는 이천억 개의 별이 있고
하나의 별에는 이천억 송이의
장미꽃이 피어 있어요
이제 그만 새 장미꽃을 찾아요

장미꽃이여,
지구에는 칠십억 명의 사람이 있고
이제 곧 백억 명을 넘을 거예요
이제 그만 새 왕자를 찾아요

사막이여,
그렇지만 우리가 볼 수 있는
별은 이천 개에 지나지 않아요

사막에 앉아 밤하늘을
함께 바라본 적이 없다면
칠십억 명의 사람은 모두
이름 없는 별에 지나지 않아요

여우여,
장미꽃을 소중하게 만드는 건
그 꽃을 위해 내가 소비한 시간이에요
어린왕자를 소중하게 만드는 건
그를 위해 내가 기다렸던 시간이에요
우리는 우리가 길들인 것에 대해
책임을 지어야 해요

그대여,
이천 억 개의 별 중에서

오직 단 하나의 별만
바라보던 때는 언제였더냐
이천억 송이의 장미꽃 중에서
오직 단 한 송이의 장미꽃만을
사랑하던 때는 언제였더냐
나만의 어린왕자를 위해
장미꽃을 피우던 때는
또 언제였더냐

별도 꽃도 사랑도
오직 하나뿐이더라
단 하나의 별에서
단 한 사람이
단 한 송이의
장미꽃을 사랑할 때

그의 밤하늘에는

어린왕자가 활짝

웃음 짓는 것이더라

나는 왜
수직으로 질주하는가?

오늘

십 년쯤, 이십 년쯤
오랜 세월이 탁류처럼 흐른 후에
너는 긴 한숨을 몰아쉬며 이렇게
이렇게 비탄에 잠긴 목소리로 말하리라

-다시 그 시절로 돌아갈 수만 있다면!

별 거 없더라만

꽃구경 몇 번
부채질 몇 번
가슴에 단풍질 몇 번
눈사람 흉내질 몇 번

인생 별 거 없더라만
제 때 제 때 목숨 걸고 살아라
사랑도 한 때 이별도 한 때나니

애수

아이는
어른이 되었네

아침은 저녁이
봄은 겨울이
잎은 낙엽이
사랑은 이별이
그리움은 별이 되었네

그뿐

신년 축시 - 축복의 촛불을 밝히세

다시 시작해 보아라,
새해마다 신이 365개의 초를 건네주지만
촛불을 밝히는 건 오직 우리의 할 일

첫날은 감사의 촛불로 시작하세
어떤 사람은 미처 선물을 받지 못한 채
아쉬움과 후회 속에 먼저 세상을 떠나갔다네

둘째 날에는 용기의 촛불이 좋으리
인생이란 촛불이 바람에 꺼지지 않도록
역경과 시련에 맞서 우리 힘껏 싸워 이기세

셋째 날에는 희망의 촛불을
넷째 날에는 열정의 촛불을
다섯째 날에는 사랑의 촛불을

마지막 날에는 다시 한 번 감사의 촛불을 밝히세
어떤 사람은 모든 초를 켜보지도 못한 채
슬픔과 한탄 속에 먼저 세상을 떠나갔다네

새해마다 신이 365일을 선물로 건네주지만
어떻게 사용할 지는 오직 우리의 책임
언제나 웃고 기뻐하며 하루하루 축복의 촛불을 밝히세

1월 1일

누군가에게는 탄식의 언어
누군가에게는 환희의 언어

세상에, 또 한 살을 먹다니!
세상에, 또 일 년을 주시다니!

2월도 그러하기에

술이 그다지 맛이 없어서
나는 술을 마시네

사랑이 그다지 사랑이 없어서
나는 사랑을 하네

삶이 그다지 살아 있는 일이 없어서
나는 살아도 보네

잉잉잉
나뭇가지야, 바람에 우지 마라

2월도
봄을 잉태하고 있구나

봄비

세상에서
가장
슬픈
회초리

푸른
멍
가슴에
우거지네

비

언제든 운명을 걸고
떨어졌나니

직선으로 전속력으로
뛰어들었나니

내 가장 뒤따르고픈
가슴 뜨거운 낙하落下

꽃다운 사랑
바람에 지는 날에는

내 가장 뒤따르고픈
가슴 설운 낙화落花

8월 예찬

내가 사랑했던 여자는
8월을 닮았네

8월이여, 영원하라!

가을은 온다

고작 입맞춤 한번에
껍질 모두 벗어던져 버리고
아무런 망설임 없이 알몸으로 뛰어드는

포도는
어디서 사랑을 배웠을까?

9월이 파란 얼굴
골똘히 갸웃거릴 때
가을은 온다

권추가

단풍이 좋아 단풍과 한 잔
낙엽이 좋아 낙엽과 한 잔

당신이 좋아 당신과 한 잔
가을이 좋아 가을과 한 잔

인생은
짧은 단풍 긴 낙엽이려니

그대는 술을 권하라
나는 가을을 권하리

별똥별

어둠의 뺨을 타고
주루룩 흘러내리는

밤하늘의
눈물

소원이라니?
손 뻗어 닦아주고만 싶네

때는 가을인 것을

가을

이제 그만 하면 됐단다
너는 용서의 계절

산은 단풍을
용서하고

나무는 낙엽을
용서하고

낙엽은 바람을
용서하네

나는 떠나가는 너를
용서하리

나는 떠나보내야 하는
나를 용서하리

가을이 오면
나는 내 가난한 삶을
10월 닮은 눈물로 용서하리

10월 예찬

생生에는
서성거려도
좋을 때가 가끔 있지

10월은
늘 그렇다네

단감

생김새는 동그란 것이

속은 단단하고 맛은 달달하니

그래, 네 삶이 나보다야 낫다마는

생(生)은 떫은 감처럼 살아져도 나는 좋아라

가을에는 아무래도 후회하지 말자

가을에는 아무래도 뒤돌아보지 말자

스스로 단풍처럼 불태우는 삶

단감이다, 단생이다

가을날의 비가悲歌

까짓, 학이나 되어 살자
깃털마다 슬픔 주렁주렁 매달고
갈라진 부리로 허공이나 쪼아대며
날자, 천 리 만 리 천만 리
저기 달쯤에나 가서
떠나면 돌아오지 말자 그대여

까짓, 생이야
슬프지 않으면 미치고
미치지 않으면 슬프지도 않은 것
그곳에서 내 다시는 희망을 노래하지 않으리니
학 학 학 거친 숨이나 몰아쉬며
가장 아름다운 비극 가장 황홀한 고독 가장 달콤한 눈
물만을
찬미하리

그래도 말아라
내 가장 뜨겁게 생을 부정하였다
바람에도 가슴 베었고
노을에도 심장 핏빛 되었나니
까짓, 이제야 다시 발목 붙잡힐 리도 없으련만
조금만 더 기다려 보자며
기어이 기어이 무릎으로 다가오는

가을

나무에 앉아
나 학처럼 울고 있네
나 단풍처럼 물들어 가네

아우야,

다음에는
너무 사랑하지 말자꾸나

가을은
아무래도 살아 보아야겠다만
싶으니

서정抒情

단풍나무 불타는
가을 저녁,
창가에 촛불 하나 밝혀놓고
목 긴 화병에 꽂힌
한 다발 국화 향기를 맡으면
스르르 스르르 눈이 감겨오고
스르르 스르르 아픔도 감겨와
그래도 여직 살아있기를
참 잘했네 그려

새

푸른 하늘이
더럽혀질까 두려워

새는 날개로
발자국을 지우며 날아간다

11월 예찬

오뉴월에도
서리가 내린다지요?

11월은
단풍의 마음이 하도 깊어
땅에 떨어진 낙엽
하늘로 올라가 첫눈 되어
다시 내려옵니다

이러한 말도 안 되는 양
시간은 덧없이 지나갔습니다마는
남은 시간이라도 잘 살아야한다는 것

단풍의 얼굴로 낙엽의 얼굴로
눈의 얼굴로 일깨워 주는 계절이

딱 하나 있습니다

1월만으로는 부족하였기에
신은 11월을 다시 만든 게지요?

가울비

가을도 아니고
겨울도 아닌 비

유리창 위를 천천히 흘러내리던
빗방울 하나가 다른 빗방울 하나를 만나
전속력으로 함께 떨어져 내리는 모습을 바라보며
당신이 내게 젖은 목소리로 말하던 날 내리던 비

-사랑도 꼭 저와 같은 일이겠지요?

사랑도 아니고
이별도 아닌 비

나 홀로 유리창을 바라보며
마른 목소리로 독백해야 할

먼 훗날 쏟아져 내릴 비

-이별도 꼭 저와 같은 일이겠지요

삶도 아니고
죽음도 아닌 비

남자도 아니고
여자도 아닌 비

비도 아닌 비
슬픔도 아닌 비悲

12월 예찬

저녁 무렵
분주한 발길을 멈추고
잠시 고개 숙여 기도드리게 만드는
오래된 성당의 종소리

울컥 울컥
가슴에 울려 퍼지는 달

아, 또 한 삶을 마치었구나
아, 또 한 사랑을 마치었구나

울먹 울먹
어린 천사의 눈물을 흘리는 달

겨울나기

나무는 무슨 까닭으로
그나마 홑겹옷 모두 벗어던지고
매서운 겨울 헐벗이 나려 하는지

어떻게도 이해할 수 없는
나는 해마다 11월이면
부끄럽거나 부럽기로 결심을 한다

나무야,
이길 수 없는 것으로
이겨내야만 하는 운명 같은 것이 있느냐?

농암정

내 사랑이 떠나갔듯이
내 슬픔도 곧 떠나갈 것이다
그러면 나는
사랑도 없고 슬픔도 없는
그 무언가가 되어 여기로 돌아오리
돌아와 사랑도 없고 슬픔도 없는 삶을 살며
그 누구인가, 한 때는 사랑도 있고 슬픔도 있던
한 사내를 이따금 회상하며 살리
슬픔이 아직 사랑을 따라 떠나가지 않을 때
농암정으로 가라
세상에서 가장 높은 곳
사랑도 슬픔도 한 사내도 이미 없는 곳

내게는 나무뿌리를 닮은 한 슬픔이 있다

내게는 나무뿌리를 닮은
한 슬픔이 있다
일생을 땅속에 묻혀 지내다
비 오는 날이면
등뼈를 드러내고 울어야 하느니
푸른 잎이여 가지여
영원히 벗어날 수 없어도
죽는 날까지 뻗어 나가야 하는
나무뿌리를 닮은 한 사랑이
내게는 있다

절연 絶緣

서른 개의
강을 건넜지

이제,

서른 개의
바다를 건너야 하리

그대가 그리운 계절

바다가 무척 그리워지는
계절이 있습니다
여름입니다

산이 무척 그리워지는
계절이 있습니다
가을입니다

그대가 무척 그리워지는
계절이 있습니다
봄 여름 가을 겨울입니다

그대를 향한 그리움
한바탕 꽃으로 피어나고
폭설로 마구 쏟아져 내리는 계절

봄 여름 가을 겨울입니다

연륙교

전생에 섬이었다지
그립고 외로워 뭍으로
태어나게 해 달라 빌었다는데…

다음 생엔 사람이 되고 싶다지
사랑이라는 연륙교 두어 개쯤 걸친
걸어 다니는 섬

바닷가 선술집에 홀로 앉은 사내
다음 생에 살아갈 섬자리 하나
눈여겨 봐 둔다

그립고 외로워

애수

겨울
오후 다섯 시

다섯 개의 바다가
어스름에 등 떠밀려
일제히 가슴에 쏟아져
들어오는 소리, 맥박처럼 들려오는 시간

쿵 쿵 쿵 쿵 쿵

그 때 찾아오거라
애수여, 슬프지도 않으려니

오기라

나머은 세 채 안녕

몰는 세 할 머리

롱머 븜아지는

나조

낙산사

살아가는 일
시계추와 같아 훌쩍 길 떠났지

낙산사 백사장
흔들의자에 앉아 동해를 바라보니

세상의 부귀공명이
허공을 오가는 그네와 같네

쓰레빠

쓰레빠 한 짝
벽에 기대어
징징 눈물 흘리고 있다

걸어온 길 때문일까
걸어갈 길 때문일까

툭 쓰러져
뒤집혀진 몸으로
석고대죄를 시작한다

걸어갈 길 때문일까
걸어온 길 때문일까

물기 탈탈 털어

곧게 세워놓으니

질질 발 끌며 벽을 타고 오른다

조명빨

골목길 어귀
가로등 불빛을 받아
유난히 반들거리는
담쟁이 잎사귀의
머쓱한 표정

흉내 내며, 나는

곤한 잠에 빠져 있는
백열전등 같은 아내의 얼굴 위로
무언의 빛, 무언의 빛
세례를 쏟아 붓나니

네 덕분이었구나
내 삶은 조명빨이었다

나를 씻다

중년은 되었음직한
그릇 몇 점 설거지하다
언제고 내 영혼을 깨끗이
씻어준 적은 있었던가
죄스러워

수도꼭지 크게 틀어놓고
빨간 고무장갑에
깊숙이 얼굴 묻는다
내 영혼의 질그릇
푸르게 눈물로 씻는다

비누

원형의 십분지 일도
남아있지 않은 납작한 몸이
반듯하니 세면대 위에
누워 있다

오랜 세월
손과 발 얼굴
남루한 마음조차
성결하게 씻겨 준
흰 옷 입은 어머니

이제는 거품조차
잘 일어나지 않는데
어쩐지 맵기는
날로 더해가는 것만 같아

영혼에 비옳다는가

오늘은 앉인 것똥판

거울이 거울에게

티끌과 얼룩 묻어 흐려져 있어
내 모습 똑바로 바라볼 수 없으니
깨끗이 닦아주지 않으련
네 눈, 네 영혼의 거울을

부끄러운 밤이면
어김도 없이 늘
거울이 거울에게 묻는다

삶은 절반이 죗값이더라

무얼 그리 잘못 살았나 싶다가도

잘못했어요, 어머니
다시는 안 그럴게요, 어머니

엉엉 울며
두 손 싹싹 빌고만 싶으니

삶은 절반이 죗값이더라

용서해 주세요, 어머니
용서해 주세요, 어머니

죗값

아무래도 오늘부터는
죄 좀 짓고 살아야겠습니다
지옥이야 부르시면 기꺼이 가야겠지만
아무려면 여기보다야 사람노릇 못하겠습니까
그런데 지금 치르는 죗값은
언제 적 외상인지요

아무래도 오늘부터는
죗값 좀 적으며 살아야겠습니다
때로는 사람도 밑지는 장사를 하는 법인데
조금씩 덧붙여 받으시는 건 아니겠지요

어쩐지 내 삶도 밑지는
장사인 듯만 싶으니
이 죄는
또 얼마큼 값을 치르면 되는 건지요

나는 왜 수직으로 질주하는가

삶은 늘
낯설기만 하더라

우연히 마주친 옛 애인의 웃음처럼
수십 년을 마주한 거울 속 내 얼굴처럼

삶은 늘
낯익지가 않더라

그리하여 나는
수평으로의 진군을 멈추고
수직으로 수직으로 달려가는 것이다

한 번도 도달해 본 적 없는
수직의 밑바닥에서

낯설지 않은

풍경 하나 건져

내 낯선 삶에 슬쩍 끼워 넣으려는 것이다

그런데 어쩌면

낯익은 삶이라는 것도

헤어진 옛 애인의

슬픈 눈물 같은 것은 아닌지 싶어

나는 수직으로 수직으로 질주하는 것이다

배터리가 얼마 남지 않았습니다

꽃이

바람이

안개가

노을이

강물이

파도가

스마트폰이

떠나가는 애인이

머뭇거리는 가을이

지난 밤 놓친 기차가

서른아홉 번째 생일이

아직 이루지 못한 꿈이

바람에 흔들리는 촛불이

그리 스마트하지 못한 영혼이

"배터리가 얼마 남지 않았습니다. 계속 사용하려면 충전기에 연결해 주세요"

말하는 것이다, 늘 방전이더라, 채워도, 삶은

생각해 보았니

밥 한 공기의 무게
국 한 그릇의 무게
장미꽃 스무 송이의 무게
눈물 스무 방울의 무게
첫 키스의 무게
마지막 포옹의 무게
아버지 처진 어깨의 무게
어머니 늘어진 가슴의 무게
어느 봄 따사로운 햇빛의 무게
어느 겨울 차가운 달빛의 무게
문득 멈춰 선 그림자의 무게
움푹 패여 있는 발자국의 무게
날아오르는 새의 무게
떨어지는 낙엽의 무게
'사랑해'라는 말의 무게

'미안해'라는 말의 무게
순수의 무게
상심의 무게

생각해 보았니
네 영혼의 무게를

세상에 어느 만큼의 무게를 더해 놓았는지를
세상에 어느 만큼의 무게를 덜해 놓았는지를
참을 수 없을 만큼 가벼운 것은 아무 것도 없더라만*

---

* 밀란 쿤데라 『참을 수 없는 존재의 가벼움』중에서

Ⅲ 장

....

언젠가
나는 슬픔에게

서시

430광년을 달려
이제 막 지구에 도착한
북극성처럼

나, 전 생애를
별빛으로 날아가고 있나니

詩여,
너는 어드메 푸른별이냐

詩 읽는 여자는 어디에 있나

여자라면 누구나 한 번쯤
시집을 가겠지만

여자라도 누구나 한 번쯤
시집을 읽지는 않겠지

세상에서 가장 힘든 일
시집살이라 말하지만

그보다 더 힘든 일
시집 살 이 되는 거라네

그렇지만 아직은 가슴 뛰는 여자들이여,
변치 않는 젊음을 간직하고 싶다면 기억하여라

시집을 가면 주부가 되지만

시집을 읽으면 소녀가 된다네

내가 사랑하는 여자

가을 공원에 앉아
단풍을 스카프처럼 배경으로 두른 채
해질 무렵까지 시를 읽는 여자

그 손끝에서
시가 묻어나는 여자
그 시가 가슴에 낙엽으로 떨어져
밤새 바스락거리는 여자
그런 날 새벽이면
스스로 시가 되어 모로 눕는 여자
매일 아침
시인으로 다시 태어나는 여자

딱 한 번만 그 여자의 시가 되어
함께 바스락거리며 살아 보았으면

나의 연인

오직 너의 뺨에 흐르는
눈물을 닦아내기 위해서만
내 두 손을 사용하리니

내가 사랑하는
단 한 명의 여인

내가 세상에 밝혀 놓을
단 하나의 촛불

내가 마지막 숨을 거둘
단 하나의 십자가

내가 다시 태어날
부활의 무덤

詩여,

나의 연인이여

시를 위한 시

풀잎에 매달린 이슬방울 하나 남루한 생각에 툭 터진다 지구의 모서리가 오래된 슬픔에 젖는다 꺼져버린 촛불을 타고 흐르다 멈춘 식어버린 촛농 같은 밤이 있다 시를 쓰지 않아도 작약은 피었다 지겠다만 작약이 피었다 져도 시는 쓰리라

시인에게

어둠 속에서
찾으려 애쓰지 말 것
나는 그대의 손길이니

안개 속에서
만나려 애쓰지 말 것
나는 그대의 발길이니

뼈와 살을
붙이려 애쓰지 말 것
나는 그대의 심장이니

시인이여,
그대가 나의 시라네
그대가 나의 살아 숨 쉬는 시라네

시인의 천국

시인이 가난하여
시가 가난하고
시가 가난하니
시집이 가난하고
시집이 가난하니
독자가 가난하고
독자가 가난하니
출판사가 가난하고
출판사가 가난하니
시인이 가난하여
저희가 영원히 가난할 것이로되
천국은 시인의 것이로다
시여, 가난한 천국이여

자화상

때로는 꽃도 피워냈기에
가시돋은 몸 장미려니 믿으며 살아온
선인장 한 그루
오늘도 태양의 주문을 외운다

어린왕자야
사막이 아름다운 건
샘이 아니라 선인장 때문이란다

가슴에 사막 하나 펼쳐져 있지 않은
삶이 어디 있으랴

슬픈 교주

나의 시가 종교가 된다 하여도
구원이나 영생, 기적 따위야
약속할 수 없겠지만
네 영혼 2%쯤
더 슬프고 고요하게 만들어 주리니

믿는 자여,
지극히 높은 곳의 고독은 너의 것이로다

언젠가 나는 슬픔에게

언젠가 나는 슬픔에게 물어본 적이 있다
너는 그리도 나의 슬픔이 기쁜 것이냐
슬픔이 아무런 대답을 하지 않았으므로
나는 지금껏 영문을 모른 채 슬픔을 끌어안고 산다
꽃 진 후에야 돋아나는 4월 새잎 같은 것이
인생인지도 모를 일이다

꿈만 같으라

어제는 푸른별 주막에 앉아 별을 따고
오늘은 이백 카페 거닐며 시를 줍네
내일은 그대 무릎에 누워 잠들어 볼까

일장춘몽이면 또 어떠리
꽃향기도 봄바람에 꿈길 거닐거늘
살아 있다는 것 꿈만 같으라

월하독작 月下獨酌

갈치호수 이백 카페에 달 떠오르면
은파는 바람에 출렁이고
꽃들은 상사에 잠 못 이루네
내 어찌 그림자 벗 삼아 술을 마실까

한 잔을 비우면 호수가 노래 부르고
두 잔을 비우면 꽃들이 어깨춤 추네
세 잔이야 잠시만 기다려 보아라
이제 곧 달빛 따라 두보 걸어오리니

행천명

오십 지나 두 해 만에
비로소 하늘의 뜻을 깨닫네

하나는 무욕이요
둘은 평정이요
셋은 이타요
넷은 순리요
다섯은 정도라

바람처럼 탐내지 말고
바위처럼 성내지 말고
나무처럼 이롭게 하며
물처럼 거스르지 말고
불처럼 어둠 속에서도 빛나라

지천명은 이루었으니

남은 생은 행천명하리

화암사 쌍사자 전설

화암사 대웅전 앞 계단을

푸르르 걸어내려오는 저 눈빛 언제였을까

오래전 한 번은 마주친 눈빛

오랜 후 한 번은 다시 마주치고 싶던 눈빛

걸음 멈춰선 젊은 스님

난간을 장식한 연꽃잎 조각만 만지작거리는데

쉰아홉 계단에야 찰나의 시간만 흘러

그 눈빛 풍경소리처럼 사라져 버리고

스님 눈에는 빛바랜 단청 같은 시간만 흘러

계단 아래 두 마리 사자는 밤새 으헝 으헝 울었습니다

해탈나무

강원도 화암사 수암정 옆

해탈나무 한 그루

몸통은 썩어 절반이 비었어도

가지는 푸르러 하늘을 뒤덮었네

살아가는 일 마른 낙엽처럼 느껴질 때

수암정 탁자에 앉아 밤새 취하도록 마셔보라

누군가 다가와 등 두드려주며 말하려니

괜찮다 괜찮아 괜찮다 괜찮아

살아가는 일 사랑하는 일

늦가을 마른 낙엽처럼 산산이 부숴질 때

화암사 수암정 해탈나무에게 물어보라

괜찮다 괜찮아 괜찮다 괜찮아

꺼지지 않는 촛불

내 마음 속에 꺼지지 않을,
영원히 꺼지지 않을 촛불 하나 있네

어떻게 그럴 수 있나
한 번도 켜본 적 없기 때문이지

분노와 증오, 절망의 촛불
한 번도 불 밝혀본 적 없기 때문이지

어둠 속에서 나는 기도를 하네
신이여, 어둠으로 어둠을
이길 수 없다는 것을 잊지 말게 하소서

세 개의 촛불이 켜지는 일

한 사람을 만났는데
그리움 믿음 용서
세 개의 촛불이 가슴에 켜지는 일
그것을 사랑이라 부르는 겁니다

그리움의 촛불은 켜져 있는데
믿음의 촛불이 꺼져 있다면
믿음의 촛불은 켜져 있는데
용서의 촛불이 꺼져 있다면
그것은 사랑을 위한 사랑이라 부르는 겁니다

그 사람과 헤어졌는데
그리움 믿음 용서
세 개의 촛불이 가슴에 계속 타오르는 일
그것을 변함없는 사랑이라 부르는 겁니다

푸른별 주막에 앉아

인사동 안국역 6번 출구

푸른별 주막에 홀로 앉아

벽면에 자리 잡은

천상병 시인과 권주하는데

주모 다가와

막걸리 한 주전자 더 마실 요량이느냐 묻네

맑은 하늘에 무슨 횡재인가,

골든벨을 울렸다는

옆자리 선남선녀 바라보는데

20대 초반의 여성

봉긋한 가슴 위에

또렷이 적혀 있는 세 글자

필유용 必有用

놀란 마음 진정시키며

저것이 무엇이냐

두 손으로 머리 감싸고 쥐어짤 적에

문득 떠오르는 문장 있으니

하나는 天生我材 必有用(천생아재 필유용)이요

둘은 學必有用 無用則止(학필유용 무용즉지)라

그 아가씨, 가려져 있는 오른쪽 가슴을

살짝 들춰

어떤 글자 숨겨 놓았는지 알고 싶은 생각에

불같이 목은 타들어가고

공술이라 좋을시고 연거푸 술잔 비우며

봄날 저녁 가난한 소풍을 즐기는데

아무래도 의심스러운 것은

도대체 나는 어떤 필유용必有用이냐

하늘이 낳았는데 땅은 쓰지를 않고

남기고 싶은 글자 많건만
세상에 적어놓을 땅 없더라

하여도 나는
푸른별 주막에 앉아 밤새
술잔위에 떨어지는 별똥별을 모두 주워
내 붉은 이마에
필유성必有成 세 글자 아로새기리
귀천의 날 밝아올 때까지

촛불

삶이란
촛불이 타오르는 일이요
죽음이란
촛불이 꺼지는 일이다

성공이란
허공 높이 촛불을 밝혀 드는 일이요

행복이란
세상 사람들에게 촛불을 비춰주는 일이고
불행이란
아무도 내게 촛불을 비춰주지 않는 일이다

꿈이란
불꽃과 같고

자신감은
심지와 같다

희망이란
가슴에 촛불을 밝히는 일이요
절망이란
가슴속 촛불을 꺼뜨린 채 어둠 속에 웅크리고 있는 일
이다

행운이란
정전이 되었을 때 서랍 속에서 초를 발견하는 것이요
불운이란
마지막 남은 성냥개비가 촛불을 켜기 전에 꺼지는 일
이다

도전이란

촛불을 들고 집밖으로 나가는 일이요

역경이란

바람에 촛불이 흔들리느 일이고

지혜란

바람을 등지고 촛불을 켜는 일이다

사랑이란

촛불 아래 앉아 서로의 얼굴을 바라보는 일이요

이별이란

먼발치에서 사랑했던 사람의 창가에 밝혀진 촛불을 바라보는 일이다

쓸쓸함이란

내가 촛불을 밝혀줄 사람이 없는 것이요

외로움이란

나에게 촛불을 밝혀줄 사람이 없는 것이고

고독이란

어둠이 밀려오는데 촛불이 없는 것이다

그리움이란

밤이 되면 촛불을 켜는 일이요

망각이란

촛불을 켜 둔 채 잠속으로 빠져 드는 일이다

분노는

불꽃과 같고

인내란

촛농과 같다

자녀는
부모의 촛불이요
부모는
자녀의 촛대다

연인이란
촛불 아래 얼굴이 가장 아름다운 사람이요
부부란
서로의 가슴에 영원히 꺼지지 않는 촛불을 밝혀놓은 사
람이다

홀로 있는 밤에 촛불을 켤 줄 알면
인생의 멋을 아는 사람이요
누군가를 위해 촛불을 켜 놓을 줄 알면
인생의 의미를 아는 사람이다

밤을 아름답게 만드는 건 촛불이요
사람을 아름답게 만드는 건 촛불 앞의 기도다

한 사람이 또 한사람을 위해 촛불을 밝혀 줄 때
한 사람은 또 한 사람의 어두운 가슴에 촛불이 된다

그대가 그리운 계절

지은이 양광모

발행일 2022년 8월 15일

펴낸이 양근모

발행처 도서출판 청년정신 ◆ **등록** 1997년 12월 26일 제 10―1531호

주 소 경기도 파주시 문발로 115, 세종출판벤처타운 408호

전 화 031)955-4923 ◆ **팩스** 031)624-6928

이메일 pricker@empas.com